KB135445

Lee Kyung

시인 이경

오늘이라는 시간의 꽃 한 송이

이경 시집

오늘이라는 시간의 꽃 한 송이

시학
Poetics

밥과 누룩과 물을 비벼 넣고
어둠과 시간을 덮어
일곱 날이면 술이 익는다
세계와 언어와 사유를 비벼 넣기를
일곱 해 밤과 낮을 덮었으나
그 속에서 끓고 괴었으나
미숙한 사유가 불완전한 언어를 만나
세계가 더욱 왜곡되었다
귀한 분들에게 드릴 탁한 술 한 사발
될 수 있을지 모르겠다
오랜만에 산에 비 개였다
술 거르는 날이다

작업실을 지원해 주신 토지문화관과 부악문원에 깊이 감사드리며

2014년 9월
山晴 이경

차 례

제2부 동물의 역사

제3부 태풍의 아이들

제4부 멸종하는 새들의 초상화

제1부

공을 가지고 놀다

독을 열다

그대 썩어 문드러졌나
나도 썩어 문드러졌다
그러면 되었다

독을 열어라
화농의 독한 향기 코를 찌르니
술을 뜨기에 마침 좋을 때

김도 안 오르고
우리 사랑 끓어올랐으니
어둠의 살 부둥켜 오래 괴었으니

눈, 코, 입, 귀, 살은 허물어지고
꽃잎처럼 몸을 여는 누룩이

내 피에 맞불 질러
화엄시궁 꽃 피우고 있으니

늪을 건드리다

돌 하나를 던져 보는 것인데
얼마나 깊은 수렁인지 도무지 그 속을 알 수 없어
바깥세상에서 제일 흔한 질문 하나를 조심조심
던져 넣어 보는 것인데

꽃 한 송이를 열어 보이는 것이네
헤엄칠 수도 없이 질퍽질퍽한 허공 속으로
안의 세계에서 제일 귀한 말씀 하나라는 듯 가만가만
펼쳐 보이는 것이네

오늘이라는 시간의 꽃 한 송이

제품사용설명서

이 물건은 꽤 오래전부터 여기 있었다

오작동이 잦아지면서 뒤늦게

제품사용설명서를 생각한다

수명의 절반 이상을 써 버리도록

아직 한 번도 제대로 작동된 것 같지 않은 이것

어디에도 딱 들어맞아 본 적 없는 어설프기 짝이 없는

정확히 어떤 기능을 가졌으며

무슨 용도에 쓰라고 만들었는지 몰라

급한 대로 켜고 끄며 부려 먹고 있었으니

자꾸 헛바퀴만 돌려 댔으니

이러다가 이것이

무엇인지도 모르고 내다버리게 될지 몰라서

이제야 나는 조급해지는 것이다

가슴 어느 깊은 서랍 속에 들었는지

찾을 수 없는 제품사용설명서

쓰임새가 확실치 않은 미확인 폭발물 같은

아직 아무것도 밝혀지지 않은

이것에 대하여

머리에 새를 얹은 나무

새가 날아오기를 기다리는 나무가 있어

표적이 되고 싶은 거야
서릿발 묻은 갈퀴로 불현듯 하강하는 새의
번개같이 내리꽂히는 단호한 부리
검고 광활하게 빛나는 눈
새가 물어 오는 높고 차가운 자유
그쪽에서 시위를 맞추는 일은 자주 오지 않아
그건 순전히 오랜 지혜의 선택이야
나무에겐 새를 부르거나 잡아 둘 손이 없어

새가 날아와 앉은 줄 나무는 어떻게 알까

그럴 때 나무는 아무것도 할 수 없어
언제 푸드덕 꿈을 깨고 날아오를지 그걸 몰라
모르는 척 새의 사생활을 가려 주는 거
저녁 무렵 먼 벌판 쪽으로 날아간 새가
마른 풀줄기를 물고 돌아와 집을 지을 때까지

동이 트기를 기다려

온몸으로 뜨거운 알을 밀어낼 때까지

천 개의 팔을 올리고 이렇게 서 있을밖에

공을 가지고 놀다
— 탁구 · 1

태풍 볼라벤에 갇혀 탁구를 친다

피할 수 없는 공격의 속도가 습관의 뒤통수를 번개처럼 치고 빠지는

예측을 빗나가는 무차별 공격이 태풍을 닮았다

차별한 세계의 오만을 무릎 꿇리는 터무니가

직선의 힘을 활처럼 구부러뜨리는 몰입이

읽고 싶은 글과 쓰고 싶은 글이 비껴가는 어처구니가

열정이 욕망을 겸손이 교만을 감각이 이성을 직관이 지식을

사정없이 쳐부수는 파격이 예술을 닮았다

준비된 방어의 허를 찌르는 돌파구의 위력이

쓸모없는 힘을 단숨에 무장해제 하여

전방위로 휘몰아치는 기세가 태풍을 닮았다

잘 맞은 공은 맞는 순간 적중을 예감한다

잘 쓰인 글이 쓰는 순간 파장을 직감하듯이

온몸과 마음의 힘을 싣고 날아가지만 사각의 탁자를 벗어나지 않는 각도에서

나는 정확히 나를 명중하고자 했다

공 하나로 높고 단단한 관념의 절벽을 허물어

나는 날마다 나를 재건축한다

머리끝에서 발끝까지
— 탁구 · 2

공과 공의 한판이네

속이 텅 빈 공이
속이 꽉 찬 공을 공중에 띄워 올리네

작고 가벼운 공이
크고 무거운 공을 들었다 놓았다 하네

생각이 없는 공이
생각이 많은 공을 무너뜨리네

발이 없는 공이
발이 달린 공을 무릎 꿇리네

손이 없는 공이
손이 있는 공을 일으켜 세우네

털구멍 없는 공이
털구멍 있는 공을 땀을 뻘뻘 흘리게 하네

머리끝에서 발끝까지
공 하나에 집중하라 하네

내 안에서 내가 사라질 때까지
— 탁구 · 3

문장을 던지는 연습이네

길게 또는 짧게 공을 밀어 보내듯

과녁에 날아가 꽂힐 한 문장을 위하여

공으로 나를 부수는 일이네

헛된 열망과 좌절 우월과 굴종을 일망타진하도록

나를 날려 보내는 일이네

더 가볍게 더 빠르게 더 완전하게

내 안에서 내가 사라질 때까지

온몸으로 실어 보내고 보낸 것 없는 자세로

돌아오는 일이네

새 공이네 같은 공이지만 매번 다른 공이네

처음이네 언제나 처음이고 마지막이네

순간이 전부고 전부가 순간이네

공을 받아내는 일이네

더 센 공격에 더 강한 부드러움을 유지하는 내공으로

떨어지는 공을 살려내는 일이네

속지 않는 것이네 속도에 소리에 힘에

나에게 속지 않는 것이네

공격이

공인 줄 아는 일이네

알을 깨지 않고 나는 새
— 탁구 · 4

작고 가볍고 하얀 새알이네

새는 어떻게 날아갔는지 알 속이 텅 비었네

알 껍질째 날아가는 새가 있네

새장째 날아올라야 하는 영혼이 있네

묻고 또 물어야 하네 이 크고 푸르고 둥근 알 속에서

알을 깨뜨리지 않고 부화해 버린 새의 행방을

끝까지 자세를 낮추어 참구해야 하네

새장과 함께 날아오르는 큰 새들의 비행술에 대하여

마지막까지 이것이 유희여야 하는 힘의 조율과

삶이라는 종합예술작품의 밑바닥을 지탱하는

유희의 뿌리에 대하여

공은 알고 있다
— 탁구 · 5

잘하고 싶은 것과 이기고 싶은 것은 다르다
열정과 욕망이 다르듯

욕망이라는 불안한 영혼이
열정을 질투하는 일에 한평생을 낭비하는
인류사 비극의 대결구도를
공은 알고 있다 정확히
더 많이 이기고 싶은 사람이 지는 게임이다

욕망이 열정을 앞지르는 순간을 경계하라
힘은 분산되고
평화의 한 귀퉁이가 피를 흘리는 소모전이다

행복한 승리자는 열정으로 욕망을 부수는 자

잘하는 것은
이기는 것의 한 수 위다

비어 있음에 대하여
— 탁구 · 6

탁구를 위해 탁구공이 비어 있듯이
탁구 치는 사람을 위해 탁구장이 비어 있다
별들의 운행을 위해 하늘이 비어 있듯이
씨 뿌리는 사람을 위해 묵정밭이 비어 있다
작가를 위해 집필실이 비어 있듯이
작문을 위해 원고지가 비어 있다
홀로 탁구장에 들어가는 것은
공명이 더 큰 공명 속으로 들어간 소리를
들으러 가는 것이다
공 소리들은 아무 데나 공공연하게 숨어 있다가
언제든지 건드리면 공명한다
너를 그리워하는 일이 그렇다
이제 곧 불을 찾아 나섰던 사람들이 돌아와
여기까지 지고 온 짐을 내려놓을 것이다
공에게 밑천을 다 털리고
빈털터리가 되어 걸어 나갈 것이다
비어 있다는 것은
시작해도 좋다는 허락이다

잉크통에 빠진 코브라
— 피에르 알레친스키의 마술

그는 코브라를 잉크통에 빠뜨렸다
코브라에게 언어를 허락한 최초의 사내
잉크 맛을 본 코브라가 날름거리는 혓바닥으로 쓰기
시작했다
얇고 검은 속옷을 입은 코브라

종횡무진 거침없는 달필은
늙은 매화 등걸같이 고매하고 아름다운 문장이다
사람의 언어를 통째로 거부하는 언어
대낮의 캄캄한 안쪽과
번개 치는 밤의 밝기를 지녔다

위험을 어쩌면 좋은가
제 몸에 돋친 비늘을 응시하는 저 검은 눈썹의 심각
한 물음을
나는 사랑하지 않을 수 없을 것 같으니
오늘이라는 여인숙이

문 닫을 시간이 오고 있으니

언어를 멸망시키고 새로운 언어는 탄생하는가

하늘을 파는 사람들

쇠가 우는 날이 있었다

등짝에 검은 불덩이를 싣고 비명을 꽤액—꽥 지르는
쇳덩이가

떡시루 같은 숨을 토하며 마당을 가로질러 오면

지붕 얇은 철로 변 집들 허파가 들썩였다

옅은 잠 꿈은 쉬 헝클어지고

꿈이 헝클어진 자리 꽃이 피었다

꽃들이 겁도 없이 지붕을 뚫고 나와 손을 흔들어 댔다

뜨끈뜨끈한 레일에 뺨을 대면

먼바다로 꿈을 팔러 가는 고동 소리가 들렸다

산다는 것은 무엇을 파는 일이었다

몸 하나로 흘러든 사람들이 고향을 팔았다

진주식당 언양쌀집 양산보일러 남원추어탕 대구지
물포 함양탕제원 서울깍두기

팔 고향이 없는 소녀들이 몸을 팔았다

그것도 없는 늙은 여자가 깃발을 펄럭이며 미륵을
팔았다

일당 몸값을 털어 몸을 사는 사내처럼
희망 없는 여인이 파는 희망을 나는 사야 했다
하늘이 내린 복 하늘이 내린 고독이라
그때 큰 소리로 쇠가 울었다

맨 처음의 스승

어머니가 나를 낳은 방에는

나뭇잎을 먹는 성자들이 살았습니다

그들은 한마디도 하지 않으면서 모든 것을

가르칩니다 잎을 먹는다기보다 책을 읽어 나가듯이

일사불란하게 소리를 모아 경을 외듯이

뽕잎을 먹습니다 사나흘씩 밤낮을 소나기처럼 먹다가

문득 멈추어 어느 별자리를 향해 비스듬히 머리를

치켜들고

사나흘씩 밤낮을 깊은 잠에 들어 버리면

잠의 바깥을 지키는 아이는 한낮의 꽃모종같이 심심

했습니다

수를 헤아릴 수 없이 많은 스승들은

나비가 되는 길을 가고 있는 중이었으나

간혹 집을 부수지 못한 누에가

뜨거운 물에 삶겨 번데기가 되기도 하지만

잎을 먹고 비단을 토하는 일 또한

나비가 되는 일 못지않게 성스럽다 했습니다

잠에서 깬 그들이 허공을 더듬어 동그라미를 그리기

시작합니다
  실을 잣는 여인같이 크고 둥글고 부드러운 동작으로
  몸을 가두고 문 없는 집 한 채를 지어 가고 있습니다
  한 가닥 실이며 하나의 몸이며 하나의 길인
  하나의 기둥이며 하나의 벽이며 하나의 집인
  하나의 문장이며 하나의 날개인

빈집

자기가 왜 그 속에 들어 있는지 몰라서

뱀은 찔레꽃 덤불 속으로 기어들어가

찔레가시에 몸을 맡겨 놓고 만신창이로 빠져 나가

아름다운 비늘

유전자의 감옥을 벗어나기 위해 살을 벗겨 내는 여
름밤의 사투

찔레가시가 빈집을 달이 뜨도록 받쳐 올리는 걸 본
적 있어

누군가 치켜들었지 피 묻은 불망사 속옷 같은 허물

고통의 향기로 찔레꽃이 피어

달밤보다 하얀 찔레꽃이 피어

빨래들의 저녁

누가 다저녁에 빨래를 널었을까
겨울 해가 기울어 하늘 가운데가 텅 비었다
빨래들은 하루치의 능욕을 씻고자 예수처럼 팔을 벌
리고 매달렸는데
여윈 해가 남은 습기를 다 거둘 수 있을지 모르겠네
삶은 후줄근함을 빨아서 말리고 다리고 다시 구기는
연습
우기의 빨래는 기껏 마르다가 겹으로 젖고는 해서
질박한 노동의 구정물 속에서 건져 올린 어제를 공
중에 걸어 놓고
빨래를 걷을 사람이 돌아오지 않고 있으니
제풀에 무거워지는 팔과 다리와 몸통들
육체를 받아내느라 헐거워진 고무줄
목이 달아난 돌부처같이 빳빳하게 얼어서
밤을 건너갈 수 있을지 모르겠네

꽃피는 구석

구석을 하나 찾았다
생의 삼면을 내주면서 구석 하나를 얻어 내기까지
무거운 밑을 치켜들고 비명을 지르며
헛간의 재를 헤집고 다니던 레그혼 암탉같이
피 묻은 알을 빠뜨릴 구석이
절실했다

집도 방도 아닌 구석
삼면을 바다에 주면서 대륙을 물고 있는 한반도같이
전쟁이 쉬면 내분이 들끓었다
대꽃이 피면 난리가 난다고
아이들이 물오른 버들을 비틀어 뼈를 뽑아내고
피리를 불고 다녔다

구석에 솥을 걸었다
바람에 떠밀려온 홀씨 하나
성곽처럼 튼튼한 아궁이를 세우고
광대무변 꽃의 자궁 속으로 불을 밀어 넣고 있다

배와 노를 부수어

세상의 구들장 밑으로 활 활 활 활

장마

썩은 지붕을 뚫고 보리 싹이 돋았다
젖지 않은 곳이 꿈 밖에 없었으므로
한여름에 솜이불을 뒤집어썼다
눅눅함을 말리느라 아버지는 아리랑을 태웠으나
흙탕물은 소리 없이 꿈의 강둑을 넘었다
차라리 잘된 일이었다
젖은 지붕과 젖은 부엌과 아궁이 째로 우리는 떠내
려갔다
경호강을 따라 남강으로 남강을 타고 낙동강으로
어미는 겨드랑이로 젖은 성냥을 말려 불을 지폈다
불보다 연기가 창궐하였으나
젖은 불이 뜨겁다고 밀수제비가 익었다
우리는 보리씨같이 퉁퉁 불어서 싹을 내밀었다
낙동강이 바다로 들기 직전에 툭 우리를 뱉어 냈다
기름이 타는 루삥 지붕 위로
동해남부선 철길이 달구어지고 있었다
애국가처럼 장엄하게
유민의 역사가 시작되고 있었다

제2부

동물의 역사

기습

간밤에 도둑이 들었다

칼로 새벽을 찌르고

마음을 몽땅 훔쳐 갔다

잡힐 놈이 아니다

어디 깊은 절간으로 숨어들어

석남꽃이나 피우고 있겠지

가을이다

장화 신은 고양이
— K 시인의 시

그의 골목은 길고 깊고 구불구불하다
이 노회한 길은 안으로 깊이 들어가도 바깥에 닿고
바깥으로 멀리 돌아도 안에 들어가 꽂힌다
흥청망청 취한 말들이 아무렇게나 쌓이는 뒷골목
악취가 넘쳐나는 쓰레기통을 뒤집고 다니면서
생선뼈를 가지런히 발라 놓거나 취객의 토사물을 태
연히 분리수거 하면서도
검은 장화 속에 흰 발목을 숨기고 있다
개도 짖지 않는 아이의 걸음으로
가죽을 늘여 신을 짓는 늙은 갖바치의 손놀림으로
골목의 공포를 용케도 빠져나가고 있다
달려서 도망치고 싶은 그곳을 그렇게 가고 있다
소름이 머리 위로 죽순처럼 솟아올라도
길고 깊고 구불구불한 골목에서 길을 잃지 않는 건
어린 아이가 꺾었음직한 나뭇가지 같은 걸로 땅바닥
에 긋고 가는
화살표 덕분이다

울음이라는 친척 집에 맡겨졌다가 거기서마저 쫓겨난

주름살투성이 아이 혹 노인일지도 모르는

번제燔祭

여름이 길바닥에 나와 죽었다

어둡고 축축한 동굴을 둘둘 말아 똬리를 틀고
달려오는 가을의 바퀴를 기다렸을까
예감보다 빠르고 망각보다 느리게
천둥을 앞서는 번개같이
뜨거운 것이 몸의 속도를 앞질러 갔을까
광야의 수난이 지나갔을까

하늘의 키가 극락에 닿았다

물 뿌린 마당같이 말끔하게 쓸어 놓은 하늘
찔레꽃 같은 비늘을 길게 걸쳐 놓았다
가을 뱀이 버리고 간 빈집 한 채
이로써 하늘은 더 크게 울 일 없고
땅은 황금빛으로 여물 것이다
누구나
옷 한 벌 빨아 널고 싶은 가을볕이다

사냥

먼저 길을 지워 버릴 필요가 있을 테지
가령 뱀을 한 마리 잡기로 한다면
시간을 작정할 필요는 아마 없을 거야
확률 같은 걸 남기진 않으니
무작정 덤비는 거야 나를 통째로 미끼로 던져야겠지
그러면 날벼락같이 덮쳐 올지도
약속 없이 약속보다 더 강한 이끌림으로
예기치 않게 슬쩍 길을 가로지르거나
허술하게 열어 두고 온 옛집의 뒷문 같은 걸 노리지
기습의 명수거든 돌아서지 마 로프를 빌리러 간다거나
쇠스랑이나 곡괭이 같은 무기를 찾으러 가지 마
꿈은 종종 그런 순간에 깨 버리잖아
단숨에 콱 물어야 해 짐승의 식욕으로
맨손으로 불끈거리는 먹을 조여 생포하는 거야
운이 좋으면 모르지 섬뜩한 예감의 대가리가
하늘을 휘감고 돌아와 독이 성성한 이빨로
무딘 감각의 정맥을 사정없이 물어뜯어 준다면
금상첨화겠지

달의 홀로그램

나는 온다 오는 중이다

달로부터 나는 멀리 지금도 오고 있다 어떤 여인의 등에 업혀 오다가 내려서 손을 잡고 오다가 손을 놓고 걸어오다가 버스를 타고 기차를 타고 비행기를 타고 온다

나는 간다 가는 중이다

달로부터 나는 멀리 지금도 가고 있다 어떤 여인을 등에 업고 가다가 내려서 손을 잡고 가다가 손을 놓고 걸리며 가다가 버스를 타고 기차를 타고 비행기를 타고 간다

내가 멈추면 달이 멈추고 걸으면 달이 걷고 뛰면 달이 뛴다 차를 타면 달이 차를 타고 내리면 달이 내린다

이제 달은 골짜기를 빠져나와 개울을 업고 강을 걸려서 바다에 든다

오늘 밤은 달이 흰 개의 목줄을 풀었다 휙 휙 휙

……휙 휙 휙…… 바다에 든 달의 외곽을 흰 개들이 꼬리를 물고 꼬리를 물고 달린다

달이 산더미처럼 커지는 꿈은 아무리 애써도 펜에서

잉크가 나오지 않는다 변소까지 따라와 쪼그리고 앉은
달이 저 아래 구더기들의 흰 속살을 비춘다

　달을 사수하는 흰 개의 수를 나는 헤아릴 수 없고 달
바깥으로 한 발짝도 나갈 수 없다 저 개들이 비단 백
필을 다 찢을 모양이다

　무례하도다 육체여, 국적 없는 점령군의 흰 깃발 아
래 땅을 바치고

　항복이다 항복이다 항복이다

동물의 역사

오래 전에 나는 강가에 서 있었어

복숭아꽃이 흐르는 강물에서

익은 복숭아를 기다리고 있었지 그때

나무토막이 하나 떠내려 왔어

목질은 단단했어

이것으로 뭘 할까 하다가 배를 만들었지

배를 타고 항해를 시작했어

꼭 그래야 했던 건 아니었으나

선택에 대한 절반의 책임이 내게 있었으므로

돌아설 수 없는 항로였어

도착은 늘 새로운 출발이고

출발은 또 다른 도착이니까

나는 나침반이고 수호신이며 외로운 항해사

내 안에서 미쳐 날뛰는 파도를 다스리지

배는 움직이는 신대륙이야

아마 우리는 퉁구스족이겠지

동물의 역사 그 위험하고

위대한 질서를 써 나가는 중이지

사슴농장

저녁에 사슴을 보았다

사슴은 슬픈 곳에 있었다

올라서 볼 언덕 하나 주지 못한 사슴농장 주인은 누
굴까

뿔을 비벼 볼 꽃가지도 없는 논바닥 가운데

사슴은 소처럼 무뚝뚝한 얼굴이 되어 있다

뿔을 숨길 수 없어 불편한 사슴

어둠의 순결을 난도질하는 빛의 횡포와

침묵에 대한 예의를 잊은 음악들이 판을 치는 도시
변두리

뿔을 잘라 생계를 이어가는 우리는 길들여진 짐승

연기 오르는 굴뚝에서 연기 오르는 굴뚝까지

여기는 사람의 땅

피를 팔기 위해 마른 풀을 씹다가도

습관처럼 먼 곳을 바라보는

사슴의 집이 거기 있다는 것이

목구멍에 걸렸다

클로버

나는 풀밭에서 결혼했어
초록의 신부가 되어 오늘만 살기로 했지
엉덩이에 풀물이 들도록 오래 살았어
날마다 돌아갈 시간을 놓쳐
오늘을 살고 나면 다시 오늘이 왔어
초록의 아이를 낳아 풀밭에 풀어 놓았지
나는 나에게 잊혀졌어
이름을 잊고 집을 잊고 돌아갈 마을을 잊었어
잊었다는 것을 또 잊었지
해 질 무렵이면 누가 나를 부르는 것 같아
나를 부르면 오래전에 잊은 나를 부르면
결혼의 마법에서 풀려나
가난한 내 집으로 돌아가고 싶었어
나는 어디 먼 사랑으로부터 이 풀밭에 와서
잠깐 꽃 피는 중이었어
하얗게 하얗게 하얗게 하얗게 하얗게……
지워지는 중이었어

달을 먹은 여자

달을 먹은 여자가 둥글어지오
둥글어짐이 여자를 밀고 가오
길은 아직 더 멀리 캄캄해야 하오
달을 먹은 여자가 그믐을 건너가오
짐승의 시간을 건너가오
대낮도 오히려 밤중같이 밤중도 대낮같이
달을 먹은 여자는 지척이 영원이요
둥둥둥 북을 치며 달은 둥글어지오
검은 산을 먹으며 둥글어지오
둥글어짐이 여자를 안고 가오
일곱 개의 별이 여자를 외호하오
해와 달과 허공이 여자를 외호하오
길은 조금 더 멀리 캄캄해야 하오
달을 먹은 여자가 보름을 건너가오
여신의 시간을 건너가오
달은 안으로 샅샅이 밝았소
달은 여자와 남자를 양면 복사 중이오
새 우주가 출력되는 중이오

물든 밥

그해 처음 떠오른 달이 둥글어지면 우리는
벙어리 남자가 만든 소쿠리를 들고 탁발을 나섭니다
일곱 빛깔 물들인 대소쿠리를 든 아이들이
노랑 빨강 물들여 지은 옷을 입고 밥을 얻으러 가면
아낙들은 여러 빛깔이 섞인 밥을 덜어 줍니다
붉으죽죽하게 푸르스름하게 또는 보랏빛으로 물들어
집집마다 빛과 향과 질컥임이 다른 밥알들이 모여
목구멍 틀어막는 한 덩어리 슬픔이 됩니다
붓다가 아침마다 사바세계를 한 바퀴 돌아
이 슬픔을 제자들과 나누어 먹던 일이 삼천 년 전이
라는데
보름달이 바닷속 물고기의 뼈를 환하게 비추는 날
어린 것들에게 이런 적선을 가르치는 일은 얼마나
되었을까
아무것도 모르고 즐거운 아이들이
제가 얻어 온 여러 솥의 슬픔을 덜어
어른들의 밥그릇에 탑을 쌓아올리곤 했습니다

축제

아침에 눈을 뜨면 심장이 뛰고 있다

밤새 불이 꺼지지 않는 방앗간처럼

일정한 간격으로 쉬지 않고 뛰고 있다

일찍 일어난 새들의 심장 소리와 함께

오늘 태어난 아가들의 심장 소리와 함께

모든 살아 있는 것들의 심장 소리와 함께

너무 빠르지도 너무 느리지도 않게

내가 모르는 우주의 리듬에 맞추어

거대한 축제를 멈추지 않고 있다

숟가락질

어머니 젖에 소태를 바르면서

엉겁결에 배운 숟가락질 그것 때문에

얼마나 많은 질들을 배워야 하는지 모르고

밥알을 퍼 올리기 시작했을 게다

밥 한 술이 흙 한 삽과 맞먹는 줄 모르고

그것 때문에 호미질을 배우고

삽질을 배우고 쟁기질을 배우고

비럭질을 배워가야 하는 것을 모르고

논바닥이 개울을 퍼 올리듯

아궁이가 땔감을 집어삼키듯

소가 콧구멍으로 하늘을 퍼 담듯

살을 끌어들이고 피를 끌어들이고 불을 끌어들이며

숟가락질 멈추지 않았을 게다

삽질을 놓고도 숟가락질은 남아서

바느질을 놓고 걸레질을 놓고도

숟가락질은 구차하게 남아서

가장 먼저 시작해 맨 나중에 놓아지는

슬픈 숟가락질은 남아서

그래서 숟가락이라는 이름 뒤에

질이라고 하는 꼬리가 붙어 있다는 것을

모르고

신들의 아침 식사

아침에 한 차례 비가 왔다

뇌성이 푸른 산봉우리들을 데리고 더 먼 곳으로 달
아났다

못난이 감자 새끼들이 흙속에서 오그르르 한곳으로
모인다

아침 비는 신들을 태운 말발굽 소리가 옥수수밭을

가로지르는 소리를 거느렸다

왈칵 어지러운 깨꽃 향기를 앞세웠다

햇빛조차도 아직 금빛 반짝임이 시작되기 전이다

모든 빛깔이, 말이, 생각이 시작되기 전

신들은 약속 장소로 모여 앉았다

느리게 아주 느리게 흰 새가 한 바퀴 선회하는 걸음으로

빠르게 아주 빠르게 호박벌의 날갯짓처럼 바쁘게

한 꽃과 꽃 사이를 입 맞추며

비릿비릿하고 아찔한 신들의 아침 식사는 거행되었다

꼴깍꼴깍 신의 목젖 소리가 어린 벼들이 자라는 논을

넘고 넘었다

만삭의 옥수수 배흘림기둥 속에서

갓 태어난 신의 붉은 수염이

깔깔깔 희고 가지런한 웃음을 터뜨리기 시작했다

물의 연인들

사랑을 시작하는 사람아
연못 하나쯤 사이에 두어라
아직 푸른 연잎이 먼저 떨어지는 꽃잎을
온몸으로 받아 주고 있는 것 보아라

사랑을 가두고 싶은 사람아
호수 하나쯤 함께 품어라
더러 출렁이고 때로 잠잠하여도
산 하나쯤 무릎에 앉혀 재울 수 있도록

사랑에 갇히고 싶은 사람아
바다 하나쯤 에두르고 있어라
길들지 않는 나의 바다가
너의 찻잔 속에서 잔잔해질 수 있도록

바다 학습
― K선생님

봄날의 바닷가에서 당신은
바닷물이 정말 짜냐고 물었습니다
내겐 소라껍데기만 한 그릇도 준비되어 있지 않아
맨발로 젖은 모래밭을 걸어 들어갔습니다
태초의 백지 위에 발바닥 지문을 찍으며 갔습니다
손바닥으로 바다를 훔치러 갔습니다
봄비에 바다가 자꾸 싱거워지는데
두 손으로 받들어도 받들어 올려도
출렁이는 머리카락 한 올 건져 올리지 못하고
다 흘려 버린 바다를 손바닥에 옮겨 드렸습니다
손바닥 위의 바다에 혀를 담그시며
당신은 바다보다 더 먼 곳을 바라보시고
내가 쓰려는 시 내가 훔치려는 바다가 아직
손바닥 위의 바다에서 고래를 기다리는 일임을
그때 가까스로 배우고 있었습니다

밤에 듣는 빗소리

저 소리를 듣기 위해서라면 브람스를 꺼도 좋다 베토벤을 꺼도 좋다 슈베르트를 꺼도 좋다

살아 있는 것들에 대한 전폭적 위무

살려고 애쓰는 것들을 일으켜 세우는 장중한 밤의 오케스트라

기다렸다는 듯이 마른 혓바닥들 비 뜯어먹는 소리

풀잎들 소스라치는 소리 땅이 피로를 풀고 싱싱해지는 소리 전라의 숲이 머리 감는 소리 등목 치는 소리

떠돌이 씨앗들 흙 속으로 파고드는 소리 파고들어 눈뜨는 소리 뿌리내리는 소리 씨앗 든 밭을 다독이는 소리 풋감을 철들게 하는 소리

루핑지붕을 때리는 소리 개집을 때리는 소리 칸나꽃잎을 때리는 소리 빈 양동이를 때리는 소리 먹다 남은 개밥그릇에 담기는 소리

새로 생긴 무덤을 적시는 소리 달려오는 소리 돌아서는 소리 골목에서 주춤거리는 소리 억수같이 퍼붓는 소리 잠시 수그러드는 소리

그것들의 강약과 고저가 박자와 리듬과 음색이 모두

달라서 그것들이 떡갈나무 잎을 때리고 땅에 떨어지는
소리 땅에 떨어져 스며드는 소리 스며들어서 흘러가는
곳을 생각하느니 모든 소리를 끄고 생각하느니

　물방울들이 미래와 과거를 돌고 돌아 지금에 닿는
소리 듣고 있자면 그들이 전하는 먼 소식 듣고 있자면
울음을 멈춘 새들과 함께 듣고 있자면

　가지째로 젖는 비둘기와 함께 개똥지빠귀와 함께 듣
고 있자면 앞발로 턱을 고이고 귀를 세웠다 눕히는 개
와 꽃밭 구석에 웅크린 고양이와 함께 듣고 있자면

　아직 불을 끄지 않은 집들과 마을과 함께 듣고 있자면

　빗소리가 한바탕 조용해지도록 듣고 있자면

가득한 당신

꽃에게 시간은 치명적이다
예쁘기로 새벽 못의 고요를 가둔 아침 꽃의 선정을
따를 수 없고

아름답기로 벌들이 잉잉거리며 꽃잎을 열어젖히는
한낮의 눈부신 만개와 그 허물어짐에
비할 수 없어

숭고하기가 또한 짓무르는 입술로
못물에 비친 제 모습을 내려다보는 저녁 꽃의 자태를
넘어설 수 없으나

신의 어머니는 일을 마치고 자리로 돌아가 앉으셨다
햇빛과 벌과 나비와 칠월의 비바람 속에
가득한 당신

고깃덩어리

겉은 타고 속은 설고
판은 뜨겁다

뒤집지 않으면 타고
자주 뒤집으면 설익는 고깃덩어리

술김에 타 버린 숯덩이를 씹으면서
홧김에 핏물 섞인 살점을 삼키면서

절망을 뒤집어도
희망이 되지 않는

지글지글 살이 타는
우리들의 불판

게으른 사랑

애인 하자고 해 놓고
아직 손톱에 꽃물 들이지 말라고 해 놓고
그대는 그 말을 잊어버리고
흰 손톱 위에 천 개의 달이 뜨고 천 개의 달이 지고
한 세기가 기울어지도록
백치 손톱 위에 짓찧은 꽃멍울 올려놓는 사람아
어느 마을에서 머리카락이 세었는지
처음이듯 붉은 겹봉숭아꽃 뭉클뭉클 쏟아 놓고
만날 수 없어
작별을 못하는 사람아

제3부

태풍의 아이들

화인火印

어린 매화나무에게 봄을 뺏는다

첫 꽃을 따 주어야 나무가 장수한다는 말에
젖 몽우리같이 만지면 아픈 꽃을
맨손으로 훑는다

눈을 질끈 감아라
이 아픔으로 먼 길 가거라
첫사랑을 바쳐 얻는 길고 튼튼하고 지루한 사랑을
위해
달군 혀로 상처 속에 새겨 넣은 말

사랑은 짧고 삶은 길지니
사랑이 버리고 간 삶을 버리지 못하리

제비꽃 · 1

어린 여자아이가
저보다 조금 작은 사내아이의 어깨에 팔을 올리고
봄볕 속을 걸어가고 있네

제비꽃 · 2

호남선 차창 밖으로 퍼뜩 스쳐 지나간
외딴집 툇돌 위에 아기 고무신
그 옆에 나란히 아버지 흰 고무신

제비꽃 · 3

썩을 것들이 눈이 부시다

여자는 썩을 놈을 갈비뼈로 품고 살았다

봄꽃이 가을까지 머금다 뱉어 내는 꽃씨같이

썩지 못한 사랑을 뱉어 냈다 써글놈!

여자의 구절양장을 돌아 나온 저 써글놈!

오래 전에 썩은 여자의 무덤가에

봄날의 한숨 소리 써글놈! 써글놈! 돋아나

보랏빛 입술로 환생하고 있다

써글놈!

제비꽃 · 4

병 끝에 흰죽 한 사발

몸만큼 호된 스승이 없어
백팔 번도 더 마음을 항복 받고 일어나

흰죽 한 사발에 씻긴 눈으로 바깥을 보면
흰죽 한 사발에 걸러진 피로 새 흙을 밟으면

땅에는 제비꽃 보라! 보라! 보라!

눈에 넣어도 안 아픈 세상이 있어
앓고 난 봄은 온통 눈이 시려서

산청山晴

― 비 개일 晴에 기대어

우리 집에선 밥값을 해야 밥을 먹었다

내가 제일 처음 한 밥값은 소에게 아침을 먹이는 일

손에 꽉 차는 고삐를 잡으면

아홉 배도 더 몸집이 큰 소는 나를 데리고

길이 울퉁불퉁한 새벽 산을 올랐다

이슬에 입을 흠뻑 적시며

소가 산의 한쪽 비탈을 다 뜯어 먹는 동안

나는 아직 눈뜨지 않은 산 샘의 시간에 무릎을 꿇고

꿈이 칭칭 헝클어진 머리를 감았다

하늘이 물구나무 서는 샘물에

번개같이 슬픈 꿈이 풀리어 맑아 오는 사이

아버지는 방금 베어 낸 해를 한 짐 지고 산을 내려오

시고

어머니는 물꼬를 열어 논에 물을 받으시지

그때 강물은 쌀뜨물 같은 안개를 풀어

나락의 꽃을 피우고

위대한 유산

땅 없는 쟁기와 여물 없는 소 한 마리

태풍의 아이들

오오오오오오오오오오오오오오
한바탕 바람이 오느냐
태풍에 부대끼는 키 큰 나무를 나는 사랑했네
축 처진 어깨로 젖은 등판을 구부리는 지붕과 지붕
붙들고 우는 기둥을
기둥을 받치고 사력을 다하는 주춧돌을 사랑했네
바람에 뒤집히며 둥지 쪽으로 날아가는 새를 언덕을
놓지 않으려 읍소하는 풀뿌리를
살아 있는 것을 더 살아 있게 하는 미친 들소 같은
바람을 사랑했네
오랜만에 하늘과 땅이 서로 쾅쾅 때려 보는
산뽕나무 머리채를 휘어잡으며 우리들의 방심한 사
랑을 뿌리째 흔들어 보는 노여움을 사랑했네
돌부리에 걸려 사나워지는 흙탕물을 물살에 떨어져
나가고 남은 언덕을 사랑했네
언덕 위에 무 갈이 하는 사람을 줄이 삐뚤삐뚤하게
일어서는 어린 무밭을
마른 흙 찌꺼기를 툭툭 털고 피어나는 들국화를

들국화가 피는 무밭으로 가는 길을 사랑했네
사춘기가 지나가고 있었네

아버지

잠결에 강물이 건너편 벼랑을 만지는 소릴 들었다
누가 소를 앞세워 새벽 강을 건너시나 보다
저 언덕으로 물살을 밀고 가는 소리
가슴팍으로 물굽이를 부수는 소리
강물에서 거름 무더기같이 김이 오를 때다
홍수가 모래밭의 한 생을 범람하면
강둑에 쪼그리고 앉아 흙탕물에 담뱃재를 털면서
도시로 나가 리어카를 끌 생각을 하다가
포목을 지고 산천을 떠돌까 하다가
눈 딱 감고
한 해만 더 속아 보자고
물 진 들을 갈아엎고 가을무를 심을 참인가
가신 지 삼십 년이 지난 아버지가 이 가을 첫새벽
찬 강물에 몸을 담그시나 보다
온몸에 털구멍을 일으켜 세우며
갈비뼈가 시리다

소주

너를 만나면 내가 살아 있어

가을밤 전철역 반쯤 남은 소주잔 속에

조그만 계집애가 살아 있어

어려서 우물을 나선 아이

첫 술은 울음이었어 소나무껍질 벗겨 먹듯 달고 서

늘한

울음을 그칠 수 없어 밤하늘에 흩였어

그 후로 모든 것이 달라졌지

눈물 구멍이 뚫린 하늘이 별을 흘리기 시작했어

아직도 우물가에 서 있는 그 아이

땅에 떨어지는 별을 쓸어 모아 그릇을 만들기 시작

했어

우주가 숭숭 들여다보이는 밑 빠진 그릇

너를 만나면 어쩌다가 축복처럼

눈이 닭똥 같은 별이 한꺼번에 쏟아지면

울음의 은하계가 폭발하는 내 슬픔이 살아 있어

바보처럼 아직도 저를 포기하지 못하는

고집 센 그 아이가 살아 있어

웃고 가는 신발 한 짝
— S시인의 시

한 짝은 언제 갔을까

삼국유사 그 언저리 신발 자국 보았을까

타고 남은 서까래 그 게으른 문장의 갈비뼈로

복사꽃 한 채 복원하는 일 가능할까 몰라

천년 묵은 복사꽃

복사꽃 가지 올려다보는 각도에서 어림잡은 기왓장 용마루

절 한 그루터기 읽어 내는 일 가능할까 몰라

활활 타는 독경 소리

앗, 뜨거라 귀조차 태워 버리고

한 발 헛딛는 바람에 천년 꽃잎의 재를 뒤집어쓰는 꼴이

무엇이 재미있다는 건지

껄 껄 껄 학의 어깨를 치켜들고 학의 어깨를 치켜들고

술 묻은 수염으로 웃고 가는

신발 한 짝

얼굴에 똥칠을 한 하늘

잘 씻긴 아침 하늘 속으로
직박구리 한 마리
마음 놓고 한바탕 똥을 휘갈긴다

얼굴에 똥칠을 한 하늘이 입이 찢어지게 웃는다

저렇게 큰 화장실을 가졌으니
알 몇 개만으로도 가득 차는 작은 집을
덤불 속에 숨겨 놓고 사는 게지

짧은 시
― 채송화는 날마다 새로 핀다 · 1

시를 두고 욕심 부리지 말라고 채송화가 피었다
낮고 구석진 땅을 찬란하게 들어올리는 꽃
욕계에 태어나 감히 무욕의 세계를 넘보다니

천하의 욕심꾸러기들

은밀한 기쁨
— 채송화는 날마다 새로 핀다 · 2

학대에 가까울 정도로 내리꽂히는 여름 장대비를

조금도 싫어하는 기색 없이 받아 내는

찢어질 듯 찢어질 듯

얇디얇은 꽃잎들

절구질하는 여인
— 박수근 · 1

저분이 누구시더라

절구 공이를 높이 들어 하늘을 찔렀던가

땅을 힘껏 내리쳐 방아 찧는 여인

아이를 등에 업고 저녁 지을 보리 이삭을 부수고 있는

불러 보면 금방 돌아볼 것 같은데

귀가 먹었는지 묵묵히 일만 하는 저 여인

내 부르는 소리 산이 먹어 버리고

아이 부르는 그녀 소리만 들녘으로 퍼져 나가

저녁 하늘에 새들을 불러들이고 있다

흰 날개 죽지를 포개는 둥지의 주인이며

봄 들판에 뿌린 씨앗들의 매파

어둠이 땅에 발을 내리기 전에 흰 연기를 올려

검은 하늘에 등불을 켜 드는 사람

기억하는가 저 여인의 등잔 앞에 무릎을 꿇고

몽당연필 침 묻혀 가며 처음 배운 글자

어 머 니

아기를 업은 소녀

— 박수근 · 2

시대를 업고 누이가 서 있다

어둑발 가까이 내리고 먼 곳이 오히려 밝은데

행상 나간 어미가 아직 돌아오지 않았다

전쟁 통에 태어난 아기는 제가 나온 세상을 몰라

세상모르는 숨을 누이의 겨드랑이에 불어 넣고 있다

몸 붙일 곳 없는 사람들이 아기의 가슴에 등을 붙이고 산다

아무것도 모르는 아기가 살아갈 이유가 되었다

누이의 등에 뜨거운 오줌을 싸며 자고 있는 저 아기가

'한강의 기적'을 이룬 장본인이다

도둑의 곳간

빈 호주머니로

세계를 훔치는 족속이 있다

남대문시장으로 사하라사막으로 알래스카로

떠도는 씨앗들의 보랏빛 자궁 속으로

전광석화같이 이미지를 낚아채는

굶주린 독수리처럼 고독의 생간을 훔치는

시간이라는 폭군의 주머니에서 열쇠를 슬쩍하기도

칼만 들면 강도인데

펜을 들었으니 잡아들일 죄목이 없다

평생을 바쳐 전심전력으로

습득한 장물들을 시뻘건 쇳물에 녹여

한 권의 책으로 묶어 만천하에 도둑질을 고하는데

이름하여 시집이다

도둑의 곳간이다

날개

나방은 고치를 찢고 날아오르고
실을 잣는 사람은 나방보다 먼저 실마리를 풀어야
한다
북채로도 찢을 수 없는 질기디질긴 명주실

누에가 제가 지은 집을 뚫어 실을 산산조각 내듯
어머니가 베틀에 걸린 명주 스무 새를 드는 낫으로
베었다
도끼로 베틀을 찍어 소죽 아궁이에 넣고 군불을 땠다

어머니 등에서도 그때 날개가 생겼다
육 남매를 이끌고 기러기같이 겨울 하늘을 날아가는
힘센 날개

제4부

멸종하는 새들의 초상화

겨울 지리산

사람도 짐승도 먹을 것 없는 밤이 길었다
풀 먹은 닥종이 한 겹을 사이에 두고
새끼 가진 승냥이가 문밖에 와서 울었다
포식자들이 득실거리는 야생의 밤
우리에겐 호롱불 하나와 어머니가 있었다

멸종하는 새들의 초상화

도도의 눈은 밤하늘같이 큰 구멍이다

아름다운 털 빛깔로 서둘러 사냥감이 된 모이셔츠 청비둘기나

큰 날개를 가지고 너무 낮은 땅에 내려앉아

다시는 날아오르지 못해 엉거주춤 서 있는 안경가마우지 같은

환경에 저를 맞출 수 없었거나 저한테 맞는 환경을 찾아가지 못한 새들

이 날것들은 최후의 순간까지 공포를 몰랐으며

하나같이 저보다 진화된 동물에 의해서가 아니라

쥐나 바퀴벌레 같은 생물에 의해 멸종되었다는 기록이다

기록되지 않은 채 멸종되는 새들도 있다

누가 발견하기도 전에 망각 속으로 묻혀 버리는 새들의 죽음은

얼마나 깊은 침묵에 묻힌 아름다움인가

더 먼 여행을 위해 간수해야 하는 최소한의 양식

눈을 잠깐씩 감았다 뜨면 그사이에 별들의 수는 두

서너 개씩 줄어드는 것이다

　우리가 잠들기 전에 저들이 스르르 잠드는 모습을
보는 건

　조금씩 더 쓸쓸해지는 일이다

무기

인류가 멸망하는 데 가공할 무기가 필요한 건 아니다
아무도 어머니가 되지 않으면 된다

사랑할 만큼의 무모함과
연애할 만큼의 어리석음을 간수하지 않으면 된다

몸을 빌려 왔으나 빌려 주지 않으면 된다
죽는 날까지 사랑을 모르면 된다

눈을 뜨고 있어도

눈을 뜨고 있어도

눈에 들어오는 것을 다 보는 것은 아니다

마음이 눈을 박차고 날아가 꽂히는 벼랑 위 푸른 꽃

그것만을 나는 본다

사람의 바다에 빠져 있다고

다 젖는 것은 아니다

한번 보는 것만으로도 물들어 버리는 영혼의 빛깔

너 하나로 나의 우주는 꽉 찬다

너 하나로 나의 우주는 텅 빈다

따뜻한 저녁

저녁 산을 내려와 신 벗을 때

마당에 비 쏟아지네

산에서 내려온 비는 귀가 푸르네

어느 봉우리에서 묻어 왔을까

날마다 찾아가도 아무 말 없던 산이

오늘은 뒤를 밟아 왔나 보네

지붕이 마음 놓고 요란해 지네

집이 빗속에 오래 서 있네

등이 다 젖은 아버지처럼

밤새 산이 집을 보듬고 있네

침묵이라는 이름의 말

당신이 잘 길들이실 줄 알고 말을 보냅니다
침묵이라는 이름의 말은 병치레가 적고 수명이 길어
내가 기르는 말 중에서 가장 믿을 수 있기에
당신이 보낸 침묵도 이곳에서 건강합니다
정직한 침묵은 폭풍우 속의 산맥처럼 장엄합니다
이 혈통 좋은 말은 출발과 도착을 함께합니다
모든 음악의 어머니시고 말씀의 아버지이신 침묵은
밤의 참나무 향기처럼 나를 감싸고돌면서
변하는 것들의 무죄를 대변하는 오랜 가르침으로
우리를 자신에게로 인도합니다
다시 눈이 내릴 테지요
거기 침묵의 혓바닥들 봄풀의 기쁨처럼 돋아나
아, 침묵은 너무 많은 말입니다

곁

곁이라는 말 참 따뜻하네
곁은 어느 추운 하늘 속인가
곁이라고 하는 지도에 없는 장소를 맡겨 놓고
내 사랑은 게으르다
끝날 줄도 시작할 줄도 모른다
오른쪽도 왼쪽도 텅 비어 있는 가을
저마다 한 하늘을 감당하는 기러기들의 대오
삐걱거리는 물지게를 지고 가는 새의 날갯죽지
그 안쪽만큼 따뜻한 곳이다
곁을 내어준다는 말은

시치미

새 한 마리가 날아와 앉는 것을 모르는 척하듯

새도 알고 나도 아는 것을 시치미 떼는 사이

새가 새를 불러 가지가 조금 무거워지도록

가지가 한번 휘청하도록

새 날아간 하늘 잠잠해지도록

끝끝내 사랑이라는 말 같은 거 입에 담지 말기

새를 하늘에 놓아 기르기

일방통행

이 도시에 이삿짐을 부린 첫날 벽에 구불구불한 금이 생겼다

금이 아니라 줄이다 줄을 물고 일사불란하게 이동하는 개미 떼다

거실을 가로질러 주방을 건너 높고 가파른 벼랑 위 그곳에

꿀 병이 있다 꿀 병으로 꿀 병 속으로 바쁜 발놀림으로 보아

꿀에 대한 소문은 이미 걷잡을 수 없이 퍼져서 개미 소굴까지 닿아

아뿔싸, 먹으러 가는 줄은 있는데 먹고 돌아오는 줄이 없다

누군가 돌아가 상황을 알리기 전에는 멈출 수 없는 죽음의 일방통행

그러나 누가 집으로 돌아갈 것인가

한번 꿀맛을 본 개미는 입이 붙어 버려 손발이 붙어 버려 누가

돌아설 것인가 개미 한 마리가 돌아서서 개미의 줄

을 돌려세울 것인가

　저 달고 끈적끈적한 혀가 손 하나 까딱 않고 먹어치
우는 중이다

　끝이 안 보이는 개미의 줄

저녁에 대한 예의

저녁에 그릇을 씻어 엎으며 거기
함부로 부려먹은 마음도 씻어 엎어라
진창에 빠진 신을 씻어 엎듯이

오늘이 오늘로서 끓고 넘쳤으니
흘러내린 국물 먹다 남은 찌꺼기들
맵고 짜고 뜨거운 것들
너무 오래 담아 두지는 말자

밥그릇은 밥그릇대로 국그릇은 국그릇대로
제 몫의 최선을 다했으니
수고했으니

멀고 푸른 길

나는 아직도 네가 부끄럽다
네가 부끄러워 눈을 바로 볼 수 없다
가까이 갈 수도 손잡을 수도 없다
그러니 시여
첫 아이에게 걸음마를 가르치는 눈썹 검은 남자처럼
너는 내게서 조금씩 더 멀리 뒷걸음치라
너에게 닿기 위해 있는 힘을 다해
더 오래 걸리는 길 둘러 가도록
너와 눈 맞추기 위해 더 깊이 무릎 꿇도록
너를 만나러 가는 길은
너를 만나러 가는 강물이 흐르고
너의 발등에 너의 어깨에 떨어지고 싶은 꽃들이 피고
꽃에게로 흐르는 도중에 수많은 꽃이 피고
너에게 가는 푸른 길은 멀고
멀어서 좋아
나의 뿌리가 너의 수맥에 닿아 있지 않았다면
벌써 다 타버렸을 것을

비 오는 지구

하늘에서 비가 와 주는 지구에서
땅에서 꽃이 피어 주는 지구에서
흔들리지 않는 땅을 밟고 걸어갈 수 있어서 감사해

　지구 어딘가 핵폭탄을 만드는 사람 있다지만 아직은
지구 어딘가 파도를 밀치고 참치 떼를 건져 올리는 사
람 있어 멸치 그물을 당기는 사람 있어 햇김을 말리는
사람 있어 지구 어딘가 샘물을 길어 올리는 사람 있어
월요일 아침이면 청아한 목소리로 "물입니다!" 하는
사람 있어 지구 어딘가 봄볕에 모를 심는 사람 있어 누
군가를 위해 밥상을 차리는 사람 있어 지구 어딘가 목
화를 기르는 사람 있어 베를 짜는 사람 있어 누군가 입
을 옷을 만드는 사람 있어 지구 어딘가 아픈 이를 뽑아
주는 사람 있어 마른 눈에 눈물을 넣어 주는 사람 있어
지구 어딘가 모래로 벽돌을 만드는 사람 있어 집을 짓
는 사람 있어 지구 어딘가 태어나는 아가들의 신을 만
드는 사람 있어 무기를 녹여 자전거를 만드는 사람 있
어 어두워지는 산 아래 불을 켜는 사람 있어…… 있

어…… 아직은……

하늘에서 비가 와 주는 지구에서
땅에서 꽃이 피어 주는 지구에서
무너지지 않는 하늘 속을 걸어갈 수 있어서 감사해

소싸움

숙이는 쪽이 이깁니다 절대로
가슴을 드러내서는 안 되는 겁니다
링의 중앙을 차지하기 위해 어떻게든
상대를 바깥으로 바깥쪽으로
밀어붙이는 힘과 버티는 힘의 대결입니다
뿔과 뿔이 마주치는 곳에 불꽃이 튑니다
대호와 점박이 점박이와 대호
둘 다 싸움판에서 뼈가 굵었습니다
어떻게든 오늘은 결판이 나야 합니다 아 그러나
역시 힘이 부칩니다 왕년에 화려한 타이틀을
지금 넘겨주느냐 한 번 더 유지하느냐
젊고 힘 있는 점박이와 노련한 기술을 자랑하는 대호
대호 쪽에서 먼저 뿔을 걸었습니다
뿔을 걸었다는 건 잠깐 생각하자는 것입니다
그냥 불명예 퇴장으로 패배를 인정하느냐
아니면 쓰러질 때까지 가 보느냐 그러나
대호 혀가 한 자나 빠져 있습니다
점박이 생똥을 뚝뚝 싸고 있습니다

색소폰 소리처럼 길고 슬픈 울음을 끌고
해가 슬그머니 지고 있습니다

야간산행

의식의 저변은 깜깜해져라 시는 그 위에
별처럼 돋아라
언어의 바다는 사납게 풍랑 치라 시는 뭍을 떠난 돛
배같이 위태로워라
밤의 산과 산의 밤이 건배하라 포도즙 같은 어둠을
나는 마시리
길잡이별처럼 앞서 가는 시, 늘 몇 발짝을 따라잡을
수 없어도
그만큼 거리에서 뒤따르게 하라 어둠만이 이 어둠을
눈뜨게 한다
밤의 양수 속에 둥둥 떠가고 있는 나는 하나의 별
위를 걸어가는 중이다
시를 당나귀처럼 끌고 갈 수 없어 소처럼 앞세우고
따라가기로

밥의 눈

씨앗 받은 땅이 가뭄에 마르지 않아야
땅을 만난 씨앗이 병해에 굴하지 않아야
쌀을 품은 물이 끓어도 넘치지 않아야
물을 얻은 쌀이 뜨거워도 타지 않아야
밥알 뜸 들어 숟가락에 오르시는데
여름내 설익은 시로 익은 밥을 축내는 내가
밥이 보시기에 어땠을까 몰라
무서워라 땡볕에 수그러지는 벼 한 모가지에도
번개의 칼
숟가락 수를 헤아리는 하늘의 눈

똥 떨어지는 소리

시가 저렇게 무르익어 떨어질 수 있을까

길면 긴 대로
짧으면 짧은 대로

힘주지 않고
만들어 붙이지 않고

저 썩음의 깊이와
버림의 높이에 닿을 수 있을까

꽃잎 지듯
아득할 수 있을까

숫돌

돌은 쇠를 몰라 아프고
쇠는 돌을 몰라 슬퍼도
서로 다른 방향으로 부서지며
검을 벼린다

잉크의 힘

— 어리석은 역사가 도시와 촌락을 불태울 때도
  이것을 다 없애지는 못하였으니
  늙지 않고 죽지 않고 사라지지 않는 힘

국경을 넘어 그가 왔다

흰 종이 위에 검은 핏자국으로

지문이 뭉그러진 발바닥으로 백 년이 걸렸다

모두가 말했으나 누구도 다하지 못한 말

쓰다가 다 못 쓰고 남겨 놓은 말

내 앞에 부려 놓고

늙어 죽은 젊은 피를 수혈하느니

느티나무같이 푸른 시간이 내게로 왔다

물을 차고 배를 미는 거선의 스크루

모래 위에 찍힌 수레바퀴 자국으로 회오리바람으로

사막을 건너왔다

내 앞에서 죽으러 왔다

이미 다 하였으나 아직 시작하지 못한 말

사랑, 이 한마디를 위하여

가자, 아주 느리게라도 걸어서

백 년이 걸려야 만나는 사람에게로 가자

쓰다가 다 못 쓰고 늙어 죽으리라

어떤 이유로든 외로움은 나의 동력

잉크의 힘으로 쓴다

고독이라는 짐승은 뜨거운 피를 가졌다

음악에 대한 저녁의 결례

자장가의 감미로운 선율이 침묵의 베개만큼 깊은 잠
으로 실어다 줄 수 없는 것처럼

밤하늘 부수는 별들의 합주가 별 뒤의 검푸른 하늘
만큼 아름다울 수 없는 것처럼

무명에 수놓인 학의 기품이 흰색마저 사양해 버린
바탕천의 미덕을 따를 수 없는 것처럼

빼어난 악장의 클라이맥스도 그것이 마지막에 돌려
주는 침묵보다 과격한 절정은 아니어서

나는 음악에게 거룩한 저녁의 고요를 내어줄 수 없
는 것이네

산들의 푸른 안개와 꽃잎을 오므리는 달개비 꽃과
가난하고 다정한 신발들의 헝클어짐

지금 침묵의 혀를 빌리는 중이라

삶과 시의 결속, 존재의 비의를
드러내는 서정의 깊이
— 이경의 시세계

유 성 호

(문학평론가 · 한양대 교수)

1. 원심적 확장과 구심적 심화의 교차

이경李京 시인의 제4시집『오늘이라는 시간의 꽃 한 송이』
(시학, 2014)는, 그 구성과 내용에서 이경 시학의 확연한 진경
進境을 보여 주는 뚜렷한 실례다. 시인은 1993년『시와시학』
으로 등단하여 그동안『소와 뻐꾹새 소리와 엄지발가락』
(1994),『흰소, 고삐를 놓아라』(2001),『푸른 독』(2007) 등 일
련의 빼어난 시집들을 세상에 내놓았다. 이제 등단 20년을 훌
쩍 넘어서는 시력詩歷을 통해 그녀는, 그동안 집중적으로 보

여준 내밀한 서정을 넘어 더욱 깊어진 존재론적 사유와 '시'에 대한 섬세한 자기 토로를 풍요롭게 가다듬고 있다. 그 점에서 7년 만에 펴내는 이번 시집은, 이경 시학 전체에서 일종의 중간보고서 같은 속성을 구유하고 있다고 할 수 있다. 그 안에는 그동안 시인 자신이 공들여 구현해 온 시학적 중심으로부터의 원심적 확장과 그것으로의 구심적 심화가 교차하면서 담겨 있기 때문이다.

근원적으로 이경 시인의 시편들은 뭇 사물들이 그리는 섬세한 파동을 자신의 기억과 고스란히 겹쳐 받아들이는 작법을 취하고 있다. 시인은 남다른 기억을 통해 자신의 기원과 존재 방식을 발견하고 성찰하는데, 이러한 발견과 성찰의 과정은 한결같이 어떤 격정적 에너지를 그 안에 동반하고 있다. 물론 이경 시인이 보여 주는 잔잔하지만 역동적인 격정이란, 소멸로 나아가는 한시적인 것이 아니라, 삶이 지속되는 한 내내 견지할 수밖에 없는 일종의 항구적 존재 조건으로 나타난다. 그렇게 그녀의 시편들은 격정적 기억의 원리에 의해 단단하게 결속되어 있고, 그것을 통해 자기동일성을 환기하는 내면의 파동을 충실하게 보여 준다. 그 점에서 이경 시학은 모성을 바탕으로 한 여성시학이나 시단의 주류로 떠오른 생태시학에서 한껏 벗어나, 자만의 고유하고도 선명한 음역音域을 보여 준다 할 것이다. 우리 시단에서 퍽 귀한 사례가 아닐수 없다.

2. 상처와 치유의 삶, 격정과 몰입의 예술

우리가 이경 시편을 읽는 의미는, 시인이 갖춘 삶의 자세를 이해하는 데 있는 것이 아니라, 이미지의 동선을 따라가면서 그녀의 시가 그려내는 파동을 낱낱이 경험하는 데 있다. 그러한 상상적 경험 속에서 우리는 존재가 필연적으로 거느리는 쓸쓸함과 아름다움 그리고 격정과 상처를 동시에 발견한다. 격정과 상처 속에 집을 짓는 것이 바로 삶이라는 생각, 그리고 깊은 존재론적 성찰을 통해 가닿는 근원적 질서만이 삶을 구원하는 유일한 방책이라는 생각을 그녀는 충실하고도 지속적으로 노래한다.

돌 하나를 던져 보는 것인데
얼마나 깊은 수렁인지 도무지 그 속을 알 수 없어
바깥세상에서 제일 흔한 질문 하나를 조심조심
던져 넣어 보는 것인데

꽃 한 송이를 열어 보이는 것이네
헤엄칠 수도 없이 질퍽질퍽한 허공 속으로
안의 세계에서 제일 귀한 말씀 하나라는 듯 가만가만
펼쳐 보이는 것이네

오늘이라는 시간의 꽃 한 송이
―「늪을 건드리다」 전문

이 시편에서는 매우 단순한 움직임만이 포착된다. 화자는 '돌' 하나를 던져 '늪'을 건드리고, '늪'은 '꽃 한 송이'를 열어 보여 준다. 물론 그 동작의 배면에 깔린 의미는 그리 단순하지 않다. 가령 화자는 늪의 속이 얼마나 깊은 수렁인지 알 수 없어 "바깥세상에서 제일 흔한 질문 하나"를 던져 넣어 본 것이고, 늪은 허공 속으로 "안의 세계에서 제일 귀한 말씀 하나"라는 듯 꽃 한 송이를 펼쳐 보여 준 것이다. 이렇게 '바깥'과 '안', '수렁'과 '허공', '조심조심'과 '가만가만'의 연쇄적 대위對位가, '늪'이라는 물질성의 경계와 깊이를 선명하게 알려 준다. 그래서인지 '늪'을 건드린 것에 대한 반응으로서의 개화開花는, 세상에서 가장 흔한 것이 아니라 가장 귀한 생명력을 보여 주는 것으로 몸을 바꾼다. 결국 이경 시학의 근간은 '건드림—피어남' 사이에 깃들여 있는 '상처—치유'의 동학動學에 놓여 있는 것이다. 그래서 '늪'은 그만큼 "모두가 말했으나 누구도 다하지 못한 말/ 쓰다가 다 못 쓰고 남겨 놓은 말"(「잉크의 힘」)을 담고 있는, 그녀만의 호환 불가능한 시의 보고寶庫로 자리 잡고 있는 것이다.

　　태풍 볼라벤에 갇혀 탁구를 친다
　　피할 수 없는 공격의 속도가 습관의 뒤통수를 번개처럼
치고 빠지는
　　예측을 빗나가는 무차별 공격이 태풍을 닮았다
　　차별한 세계의 오만을 무릎 꿇리는 터무니가
　　직선의 힘을 활처럼 구부러뜨리는 몰입이

읽고 싶은 글과 쓰고 싶은 글이 비껴가는 어처구니가

열정이 욕망을 겸손이 교만을 감각이 이성을 직관이

지식을

사정없이 쳐부수는 파격이 예술을 닮았다

준비된 방어의 허를 찌르는 돌파구의 위력이

쓸모없는 힘을 단숨에 무장해제 하여

전방위로 휘몰아치는 기세가 태풍을 닮았다

잘 맞은 공은 맞는 순간 적중을 예감한다

잘 쓰인 글이 쓰는 순간 파장을 직감하듯이

온몸과 마음의 힘을 싣고 날아가지만 사각의 탁자를

벗어나지 않는 각도에서

나는 정확히 나를 명중하고자 했다

공 하나로 높고 단단한 관념의 절벽을 허물어

나는 날마다 나를 재건축한다

— 「공을 가지고 놀다―탁구 · 1」 전문

　태풍이 몹시 부는 날 탁구를 치면서 시인은 '탁구'와 '태풍'과 '예술'의 상동성을 생각한다. 가령 '탁구'와 '태풍'은 공격 속도와 무차별성에서 서로 닮았고, 허를 찌르는 돌파구의 위력과 휘몰아치는 기세도 서로 닮았다. 그런가 하면 '탁구'와 '예술'은 터무니와 몰입과 어처구니와 열정과 겸손과 감각과 직관과 파격에서 서로 닮았다. 그러니 시인으로서는 '탁구'라는 은유를 활용하여 '태풍'처럼 몰아치는 자신의 '예술'에 대해 사유하면서, 그것을 자신의 존재론으로 수렴하는 기획을 한 셈이다. 이때 "잘 맞은 공"과 "잘 쓰인 글"은 어느새 의미론적 등가가 되어 적중과 파장을 예감케 하며, 시인은 그 몸과 마음의 힘으로 자신을 명중하고자 한다. 그렇게 새로 부수고 세우는 날마다의 행위가 바로 그녀가 수행하는 '예술'의 내질內質인 것이다. 그리고 그것은 "높고 단단한 관념의 절벽"을 허물어뜨리는 일종의 상상적 '재건축' 행위인 것이다. 이러한 격정과 몰입의 예술혼魂이 그녀로 하여금 "내가 모르는 우주의 리듬에 맞추어/ 거대한 축제를 멈추지"(「축제」) 않게 하는 원천이 되어 준 것이다. 이경 시인이 보여 주는 이러한 삶과 시의 결속이야말로, 그녀 시학의 저류에 흐르는 가장 중요하고도 견고한 기운이 아닐까 한다.

결국 이경 시인은 이번 시집을 통해, 격정과 상처 속에서 삶을 사유하며, 깊은 존재론적 성찰을 통해 근원적 질서에 가 닿으려는 적공積功을 멈추지 않는다. 상처와 치유의 삶, 격정과 몰입의 예술이야말로 그녀를 위무하고 구원하면서 그녀로 하여금 존재의 비의秘義를 드러내는 서정의 깊이를 줄곧 탐색하게 하고 있는 것이다. 단연 우리 시단의 매너리즘에 던지는 이경 시인만의 돌올한 파격이요 도전적 시선이라 할 것이다.

3. 존재론적 기원의 탐색과 고백

다음으로 우리 시선에 들어오는 이경 시학의 권역은 자신의 '기원'에 관한 탐색과 고백에 있다. 아닌 게 아니라 이경 시인은 독자적인 '기억'의 원리를 통해, 자신의 지난날을 선연하게 재구再構하기도 하고, 시적 대상에 대한 형언할 수 없는 회귀적 열망을 보여 주기도 한다. 이러한 자기 회귀 과정을 통해 그녀는 흔치 않은 진정성으로 자신에 대한 시적 탐구를 수행한다. 그 기억의 처음에, 가장 선명한 모습으로, 그녀 부모님이 서 계시다.

> 나방은 고치를 찢고 날아오르고
> 실을 잣는 사람은 나방보다 먼저 실마리를 풀어야 한다
> 북채로도 찢을 수 없는 질기디질긴 명주실
>
> 누에가 제가 지은 집을 뚫어 실을 산산조각 내듯
> 어머니가 베틀에 걸린 명주 스무 새를 드는 낫으로 베었다
> 도끼로 베틀을 찍어 소죽 아궁이에 넣고 군불을 땠다
>
> 어머니 등에서도 그때 날개가 생겼다
> 육 남매를 이끌고 기러기같이 겨울 하늘을 날아가는
> 힘센 날개
>
> —「날개」 전문

누에가 자신이 지은 집을 뚫고 나방이 되어 비상하는 것과, 실을 잣는 어머니가 베틀에 걸린 명주를 베는 것이 유비적으로 얽히면서, 이 시편 안에는 '어머니'에 대한 시인의 애잔한 기억이 가득 펼쳐진다. 그렇게 '나방'은 고치를 찢고 날아오르고, '어머니'는 질긴 명주실을 베고 도끼로 베틀을 찍어 소죽 아궁이에 넣고 군불을 땐다. 그 순간, 질긴 운명으로부터

의 탈주와 새로운 삶으로의 몰입이 상징적으로 시작된다. 그리고 그때 비로소 "어머니 등"에는 날개가 돋아, 어머니는 그 "힘센 날개"로 "육 남매를 이끌고 기러기같이 겨울 하늘을" 날았던 것이다. 그 '어머니'는 그래서 시인의 삶에서 배타적인 기원이요 가장 견고하고 오랜 울타리로 다가온다. 그렇게 날개를 단 '어머니'의 가파른 삶은, 다음 시편에서도 다른 형상으로 선명하게 부조浮彫된다.

어머니가 나를 낳은 방에는
나뭇잎을 먹는 성자들이 살았습니다
그들은 한마디도 하지 않으면서 모든 것을
가르칩니다 잎을 먹는다기보다 책을 읽어 나가듯이
일사불란하게 소리를 모아 경을 외듯이
뽕잎을 먹습니다 사나흘씩 밤낮을 소나기처럼 먹다가
문득 멈추어 어느 별자리를 향해 비스듬히 머리를 치켜
들고
사나흘씩 밤낮을 깊은 잠에 들어 버리면
잠의 바깥을 지키는 아이는 한낮의 꽃모종같이 심심했
습니다
수를 헤아릴 수 없이 많은 스승들은
나비가 되는 길을 가고 있는 중이었으나
간혹 집을 부수지 못한 누에가
뜨거운 물에 삶겨 번데기가 되기도 하지만
잎을 먹고 비단을 토하는 일 또한
나비가 되는 일 못지않게 성스럽다 했습니다

잠에서 깬 그들이 허공을 더듬어 동그라미를 그리기 시
작합니다
　　실을 잣는 여인같이 크고 둥글고 부드러운 동작으로
　　몸을 가두고 문 없는 집 한 채를 지어 가고 있습니다
　　한 가닥 실이며 하나의 몸이며 하나의 길인
　　하나의 기둥이며 하나의 벽이며 하나의 집인
　　하나의 문장이며 하나의 날개인

　　　　　　　　　　　　　　　　　　―「맨 처음의 스승」 전문

　'어머니'의 은유적 분신인 "나뭇잎을 먹는 성자들"의 이야
기가 시편을 눈부시게 적시고 있다. 그 성자들은 책을 읽어
나가듯이, 경을 외듯이, 일사불란하게 소리를 내며 살아간다.
사나흘씩 밤낮을 먹고, 사나흘씩 밤낮을 깊은 잠에 들기도 한
다. 그렇게 "잠의 바깥을 지키는 아이"인 시인은, 어린 "꽃모
종"처럼 외따로 있다가, 그 "수를 헤아릴 수 없이 많은 스승
들"이 나비가 되거나 잎을 먹고 비단을 토하는 것을 성스럽
게 바라본다. 그들은 "실을 잣는 여인"처럼, "몸을 가두고 문
없는 집 한 채"를 짓는다. 이때 그들이 짓는 '집'이란, 그 자
체로 그들의 '몸'이며 '길'이며 '기둥'이며 '벽'이며 '문장'
이며 '날개'였다. 그렇게 부드러운 동선과 견고한 밑받침과
유연한 흐름을 담은 채 하나의 집을 짓는 성자들이 시인의
'맨 처음의 스승'이었던 것이다. 이러한 강렬한 기억을 통해,
이경 시인은 자신의 존재론적 기원의 한 축에 "저녁 무렵 먼
벌판 쪽으로 날아간 새가/ 마른 풀줄기를 물고 돌아와 집을
지을 때까지"(「머리에 새를 얹은 나무」) 걸리는 고통의 시간

이 필요했음을 토로한다. 이 시편은 그러한 시인 자신의 성장통을 배경으로 삼고 있는 것이다. 다음은 어떠한가.

> 잠결에 강물이 건너편 벼랑을 만지는 소릴 들었다
> 누가 소를 앞세워 새벽 강을 건너시나 보다
> 저 언덕으로 물살을 밀고 가는 소리
> 가슴팍으로 물굽이를 부수는 소리
> 강물에서 거름 무더기같이 김이 오를 때다
> 홍수가 모래밭의 한 생을 범람하면
> 강둑에 쪼그리고 앉아 흙탕물에 담뱃재를 털면서
> 도시로 나가 리어카를 끌 생각을 하다가
> 포목을 지고 산천을 떠돌까 하다가
> 눈 딱 감고
> 한 해만 더 속아 보자고
> 물 진 들을 갈아엎고 가을무를 심을 참인가
> 가신 지 삼십 년이 지난 아버지가 이 가을 첫새벽
> 찬 강물에 몸을 담그시나 보다
> 온몸에 털구멍을 일으켜 세우며
> 갈비뼈가 시리다
>
> ─「아버지」 전문

　잠결에 듣게 된, 환청에 가까운 소리가, 돌아가신 아버지를 떠올리게 하는 애잔한 시편이다. 강물이 건너편 벼랑을 만지는 소리를 통해, 시인은 누군가 소를 앞세워 새벽 강을 건너는 상상을 해 본다. 시인은 언덕으로 물살을 밀고 물굽이를 부수는 소리에 오래전 아버지가 보여 준 삶의 사이클을 회상해 본다. 홍수가 나면 도시로 나가 리어카를 끌거나 포목을 질까 하시다가 다시 들로 돌아와 "한 해만 더 속아 보자고" 하셨던 아버지가 돌아가신 지 삼십 년이 훨씬 지난 이 가을 첫새벽, 시인은 그 아버지가 다시 찬 강물에 몸을 담그시는 것을 상상적으로 감지한다. 그 순간, 시인은 온몸으로 한기가 끼쳐지면서 갈비뼈가 시려 옴을 느낀다. 이렇게 아버지는 마치 "땅 없는 쟁기와 여물 없는 소 한 마리"(「위대한 유산」)처럼 시인의 기억 속에 시린 흔적으로 남으셔서 시인 자신의 위대한 기원이 되어 주신다. 그렇게 시인의 오랜 기억 속에서 '어머니'와 '아버지'는, 푸른 비상飛翔과 노동의 자취로 시인을 감싸 안고 계신 것이다.

4. '시'에 관한 자의식의 고백

그다음으로 이경 시학이 노래하는 권역은 '시詩'에 관한 자의식이다. 일견 메타적으로 들릴 수 있는 이 목소리는, 다양한 은유적 상관물들을 통해 '시'에 대한 각별한 자의식을 표현하는 것으로 나타난다. 그럼으로써 그녀는 '시'가 가질 수 있는 여러 직능과 위상에 대해, 그리고 특별히 자신에게 시가 무엇인지에 대해 집중적으로 사유한다. 그래서 그녀는 '시'가 그저 언어로 구축된 단순한 예술적 의장意匠이 아니라, 자기 자신으로 회귀할 수 있는 유일한 미학적 방법임을 새삼스럽게 보여 준다. 그러한 지속적 회귀를 통해 그녀는 자신을 견디고 치유하며 개진하는 일종의 '자기 기억'을 아름답게 만들어 간다. 이처럼 그녀의 시는 상상적인 자기 치유의 상상력을 함유하고 있다. 요컨대 '시'에 대한 강렬한 자의식을 통해, '시'에 대한 적극적으로 사유하는 의식을 통해, 시인은 자기 자신을 탐구하고 성찰하는 품을 보여 주는 것이다.

> 시가 저렇게 무르익어 떨어질 수 있을까
>
> 길면 긴 대로
> 짧으면 짧은 대로
>
> 힘주지 않고
> 만들어 붙이지 않고
>
> 저 썩음의 깊이와
> 버림의 높이에 닿을 수 있을까
>
> 꽃잎 지듯
> 아득할 수 있을까
>
> ―「똥 떨어지는 소리」 전문

이 선명한 비유적 형상을 통해 시인은 "무르익어 떨어질 수" 있는 '시'를 열망한다. 그 '무르익음'과 '떨어짐'의 상태란, 아마도 언어를 통해 성숙하고 결국은 언어를 벗어나는 것을 이름하는 것일 터이다. 또한 그 상태는 자연스럽게, 힘들이지 않고, 가공하지 않고, "썩음의 깊이"와 "버림의 높이"에 닿는 순간을 가리키기도 한다. 여기서 '깊이'와 '높이'란, 궁극적으로 시가 가닿아야 할 최종 심급으로서, 아득하고도 아름다운 언어의 벼랑을 은유한다. 아마도 시인은 그 벼랑에서 "꽃잎 지듯/ 아득할" 아름다운 '시'를 쓰고 싶은 것이다. 그렇게 쓰는 '시'야말로 "태초의 백지 위에 발바닥 지문을 찍으며"(「바다 학습」) 쓰는 온몸의 고백과 증언이 아닐 것인가. 이러한 존재론적 열망은 시인을 시인이게끔 하는 내적 동인動因이 아닐 수 없는데, 그 동인을 통해 시인은 '곁'이라는 따뜻하고도 애잔한 말을 불러온다.

> 곁이라는 말 참 따뜻하네
> 곁은 어느 추운 하늘 속인가
> 곁이라고 하는 지도에 없는 장소를 맡겨 놓고
> 내 사랑은 게으르다
> 끝날 줄도 시작할 줄도 모른다
> 오른쪽도 왼쪽도 텅 비어 있는 가을
> 저마다 한 하늘을 감당하는 기러기들의 대오
> 삐걱거리는 물지게를 지고 가는 새의 날갯죽지
> 그 안쪽만큼 따뜻한 곳이다
> 곁을 내어준다는 말은
>
> —「곁」 전문

참 따뜻하기만 한 '곁'이라는 말은 "지도에 없는 장소"다.

이 상상적 지점을 통해 시인은 비록 자신의 사랑이 게으르고 시작도 끝도 모르지만, "삐걱거리는 물지게를 지고 가는 새의 날갯죽지/ 그 안쪽만큼 따뜻한 곳"임을 믿으면서, "곁을 내어 준다는 말"이 곧 '시'가 하는 일임을 우회하여 알려 준다. 이러한 사랑의 내어줌은, 지도에도 없는 상상적 거소居所를 통해, 우리 모두를 따뜻하게 해 주는 행위로 승화한다. 결국 그녀 자신이, 아득하게 썩어 떨어지는 '말'을 통해, 세상에 '곁'을 내주는 따뜻하고 넓은 마음의 소유자가 아니겠는가. 나아가 이러한 '시작詩作'을 환기하는 은유적 행위는, 다음 시편에서 '야간산행'이라는 이채로운 상황으로 나타나기도 한다.

> 의식의 저변은 깜깜해져라 시는 그 위에
> 별처럼 돋아라
> 언어의 바다는 사납게 풍랑 치라 시는 뭍을 떠난 돛배
> 같이 위태로워라
> 밤의 산과 산의 밤이 건배하라 포도즙 같은 어둠을
> 나는 마시리
> 길잡이별처럼 앞서 가는 시, 늘 몇 발짝을 따라잡을 수
> 없어도
> 그만큼 거리에서 뒤따르게 하라 어둠만이 이 어둠을
> 눈뜨게 한다
> 밤의 양수 속에 둥둥 떠가고 있는 나는 하나의 별 위를
> 걸어가는 중이다
> 시를 당나귀처럼 끌고 갈 수 없어 소처럼 앞세우고
> 따라가기로
>
> ―「야간산행」 전문

의식의 저변이 서서히 깜깜해지면, 시인이 열망하는 '시'는 그 위에 별처럼 돋아난다. 또한 '시'는 사나운 "언어의 바다"를 이루면서, 뭍을 떠난 돛배같이 위태롭기도 하다. 그러나 궁극적으로 "길잡이별처럼 앞서 가는 시"는, 이경 시인으로 하여금 "포도즙 같은 어둠" 속에서도 걸어갈 수 있게끔 해준 존재론적 지남指南이 된 것이다. 시인은 그렇게 "하나의 별 위를 걸어가는" 직임을 수행 중이고, 그녀의 '시'는 당나귀처럼 뒤에서 끌려오는 것이 아니라 소처럼 앞에서 그녀를 인도해 가는 것이다. 그러니 어찌 시인이 궁극적으로 "사람의 언어를 통째로 거부하는 언어"(「잉크통에 빠진 코브라」)를 열망하지 않겠는가.

이처럼 이경 시인은 그 스스로 '시인'임을 적극 고백하면서, 자신의 언어가 "평생을 바쳐 전심전력으로/ 습득한 장물들을 시뻘건 쇳물에 녹여/ 한 권의 책으로 묶어"(「도둑의 곳간」) 내는 지난한 공정을 통해 완성된다는 장인의식을 강렬하게 견지하고 있다. 비록 "유민의 역사가 시작되고"(「장마」), 그만큼 가파른 도정이 펼쳐질지라도, 이경 시인의 발걸음은 "흔들리지 않는 땅을 밟고 걸어갈 수"(「비 오는 지구」) 있을 것이다. 과연 그렇지 않겠는가.

5. 이경 시학의 미래

이번 시집은 어느 시편을 인용해도 좋을 만한 일관된 균질성을 확보하고 있다. 그만큼 이제 이경 시학은 온전한 자기표현의 접경에 들어서고 있다고 할 수 있다. 우리가 잘 알듯이, 대체로 서정시는 시간에 대한 경험과 기억의 재구성이라는 양식적 특성을 지닌다. 그만큼 서정시는 시간의 다양한 존재 방식을 다루게 되고, 우리는 서정시가 수행하는 시간 탐색을 통해 삶의 근원과 궁극에 대한 상상적 경험을 치르게 된다. 그 점에서 이경의 최근 시편들은, 서정시가 환기하는 이러한 시간 형식에 대한 사유와 감각으로 매우 충일한 특성을 보여준다. 그것이 '기억'의 매개와 '시'를 향한 자의식으로 번지면서 그녀만의 미학적 고갱이를 산출해 낸 것이다. 특별히 다음 시편은, 그러한 속성을 견고하게 담아낸 가편佳篇이 아닐 수 없다.

도도의 눈은 밤하늘같이 큰 구멍이다
아름다운 털 빛깔로 서둘러 사냥감이 된 모이셔츠 청비둘기나
큰 날개를 가지고 너무 낮은 땅에 내려앉아
다시는 날아오르지 못해 엉거주춤 서 있는 안경가마우지 같은
환경에 저를 맞출 수 없었거나 저한테 맞는 환경을 찾아가지 못한 새들
이 날것들은 최후의 순간까지 공포를 몰랐으며
하나같이 저보다 진화된 동물에 의해서가 아니라
쥐나 바퀴벌레 같은 생물에 의해 멸종되었다는 기록이다
기록되지 않은 채 멸종되는 새들도 있다

누가 발견하기도 전에 망각 속으로 묻혀 버리는 새들의
죽음은
얼마나 깊은 침묵에 묻힌 아름다움인가
더 먼 여행을 위해 간수해야 하는 최소한의 양식
눈을 잠깐씩 감았다 뜨면 그사이에 별들의 수는 두서너
개씩 줄어드는 것이다
우리가 잠들기 전에 저들이 스르르 잠드는 모습을 보는 건
조금씩 더 쓸쓸해지는 일이다
―「멸종하는 새들의 초상화」 전문

대체로 '멸종'이라는 말은, 존재의 비극성과 그 흔적의 견
고함을 동시에 품고 있다. 최후까지 공포를 몰랐던 새들, 기
록되지 않은 채 차츰 멸종해 버린 새들, 그렇게 누가 발견하
기도 전에 망각 속으로 묻혀 버린 그들의 삶과 죽음은 "깊은
침묵에 묻힌 아름다움"이 아닐 수 없다. 또한 그 아름다움은
'기록 너머의 기억'이요, '문자 너머의 흔적'이요, '언어 너
머의 언어'일 것이다. 새들은 아마도 "더 먼 여행을 위해 간
수해야 하는 최소한의 양식"을 가진 채 "눈을 잠깐씩 감았다
뜨면" 별들이 조금씩 줄어드는 시간을 따라 쓸쓸하게 흘러갔
을 것이다. 이러한 역설의 생성 과정을 통해, 이경 시학은 형
이상학적인 고투를 마다하지 않는 품을 보여 준다. 이 점, 이
경 시학의 미래가 꿈꿀 수 있는 가장 적실하고 생산적인 권역
이라 생각된다. 형이상학적 전율에 서린 존재론적 궁극의 사
유, '언어 너머의 언어'를 통해 가닿는 심미적 축약의 절편,
이 모든 것이 이경 시학의 미래가 꿈꿀 수 있는 차원일 것이

다. 그 점에서 시인이 남긴 다음의 단형 몇 편은, 심미적 축약을 통해 '언어 너머의 언어'를 꿈꾼다고 할 수 있을 것이다.

> 사람도 짐승도 먹을 것 없는 밤이 길었다
> 풀 먹은 닥종이 한 겹을 사이에 두고
> 새끼 가진 승냥이가 문밖에 와서 울었다
> 포식자들이 득실거리는 야생의 밤
> 우리에겐 호롱불 하나와 어머니가 있었다
>
> ─「겨울 지리산」 전문

> 저녁 산을 내려와 신 벗을 때
> 마당에 비 쏟아지네
> 산에서 내려온 비는 귀가 푸르네
> 어느 봉우리에서 묻어 왔을까
> 날마다 찾아가도 아무 말 없던 산이
> 오늘은 뒤를 밟아 왔나 보네
> 지붕이 마음 놓고 요란해 지네
> 집이 빗속에 오래 서 있네
> 등이 다 젖은 아버지처럼
> 밤새 산이 집을 보듬고 있네
>
> ─「따뜻한 저녁」 전문

겨울 지리산의 춥고 황량한 배경, 사람도 짐승도 먹을 것 없는 긴긴밤에 시인은 "풀 먹은 닥종이 한 겹"을 사이에 두고 "새끼 가진 승냥이"와 "호롱불 하나와 어머니"가 가파르게 마주 선 풍경을 순간처럼 잡아채고 있다. 그런가 하면 한때의 저녁, 어느 봉우리에서 묻어온 온기를 발견하면서 빗속의 산이 외따로운 '집'과 함께 함폭 들어서 있는 풍경을 전해주기도 한다. 이 '한기'와 '온기'의 감각 사이에 "울음의 은하계가 폭발하는 내 슬픔"(「소주」)이 담겨 있기도 하고, "밥 한 술이 흙 한 삽과 맞먹는 줄"(「숟가락질」) 알아 가는 생의 지혜가 깊이 들어서기도 한다. 그 안에 존재의 비의를 드러내는 서정의 깊이가 단단하게 서려 있는 것이다.

결국 사물과의 적극적 소통과 화응和應에 가장 중요한 것은, 시인이 가지는 남다른 서정의 깊이일 것이다. 사실 우리의 근대사는 우리로 하여금 몸 안팎의 폐허를 너무도 선명하게 경험하게끔 하였다. 성장주의와 물신숭배로 특징지어지는 이 같은 흐름은 우리로 하여금 빠르고 새로운 것만을 찾아다니며 정작 가장 중요한 느리고도 오랜 기억을 상실하게 한 것이다. 오래 쌓여 온 시간의 '깊이'를 헤아리지 못하고 '속도'만을 문제 삼았던 것이다. 그래서 우리는 그 기억의 '깊이'를 회복하기 위해서, 사물의 비극적 본질에 참여하면서 동시에 인간의 궁극적 관심을 암시하는 혜안을 시인에게 요청하게 된다. 이경 시인은 수묵처럼 번져 가는 언어를 통해, 이러한 궁극적 과제들을 하나하나 수행해 가고 있다. 그것만으로도 이경 시인의 이번 시집은, 우리의 경험과 기억 속으로 서서히 번져 갈 만한 힘을 가지고 있다 할 것이다. 그것은 사물들의 선연하고도 심미적인 문양들을 담아 온 세계에서, 메타적이

고 성찰적인 사유로 이월해 가는 그녀의 품에서 비롯되는 힘
이기도 하다. 이렇게 삶과 시의 충실한 결속, 존재의 비의를
드러내는 서정의 깊이를 추구하고 성취한 이경 시인의 이번
시집이, 우리를 깊은 심미적 경험으로 이끌어 가기를, 마음
깊이, 소망해 본다.

시인 山晴 이 경

경남 산청 출생
경희대학교 대학원 문학박사
1993년 계간『시와시학』으로 등단
시집『소와 뻐꾹새 소리와 엄지발가락』
　　『흰소, 고삐를 놓아라』
　　『푸른 독』이 있음
경희대학교 교양학부 겸임교수,
계간『시와시학』편집장 역임
유심작품상 수상

E-mail : sclk77@hanmail.net

오늘이라는 시간의 꽃 한 송이

지은이 | 이 경
펴낸이 | 김재돈
펴낸곳 | 도서출판 **시와시학**
1판1쇄 | 2014년 10월 15일
출판등록 | 2010년 8월 10일
등록번호 | 제2010-000036호
주소 | 서울 종로구 명륜동1가 42
전화 | 744-0110
FAX | 3672-2674
값 10,000원

ISBN 978-89-94889-71-9　03810